D0547752

Madame PETITE

Collection MADAME

1 MADAME AUTORITAIRE
2 MADAME TÊTE-EN-L'AIR
3 MADAME RANGE-TOUT
4 MADAME CATASTROPHE
5 MADAME ACROBATE
6 MADAME MAGIE
7 MADAME PROPRETTE
8 MADAME INDÉCISE
9 MADAME PETITE
10 MADAME TOUT-VA-BIEN
11 MADAME TINTAMARRE
12 MADAME TIMIDE
13 MADAME BOUTE-EN-TRAIN
14 MADAME CANAILLE
15 MADAME BEAUTÉ
16 MADAME SAGE
17 MADAME DOUBLE
18 MADAME JE-SAIS-TOUT
19 MADAME CHANCE
20 MADAME PRUDENTE
21 MADAME BOULOT
22 MADAME GÉNIALE
23 MADAME OUI
24 MADAME POURQUOI
25 MADAME COQUETTE
26 MADAME CONTRAIRE
27 MADAME TÊTUE
28 MADAME EN RETARD
29 MADAME BAVARDE
30 MADAME FOLLETTE
31 MADAME BONHEUR
32 MADAME VEDETTE
33 MADAME VITE-FAIT
34 MADAME CASSE-PIEDS
35 MADAME DODUE
36 MADAME RISETTE
37 MADAME CHIPIE
38 MADAME FARCEUSE
39 MADAME MALCHANCE
40 MADAME TERREUR

Madame PETITE

Roger Hargreaves

La petite madame Petite n'était pas plus haute
que trois pommes.

Ou peut-être deux pommes.

Elle était si petite qu'elle habitait dans un trou de souris,
au fond de la salle à manger d'une ferme.

Madame Petite avait très bien aménagé son trou de souris,
avec tout le confort moderne.

Et puis, elle avait de la chance,
car il n'y avait pas une seule souris.
Le chat les avait toutes chassées.

Seulement voilà, madame Petite était si petite
que personne ne l'avait remarquée.
Personne ne savait qu'elle habitait là.

Elle était bien seule.
Et bien triste.
Pauvre madame Petite !

Un jour, madame Petite en eut assez de rester toute seule dans son trou de souris.

Elle décida hardiment de s'aventurer à l'extérieur.

Elle traversa discrètement la salle à manger, et se faufila dans le couloir.

Comme il était grand, ce couloir!

Madame Petite se sentait perdue.
Heureusement,
il y avait une boîte à lettres en bas de la porte.

Madame Petite grimpa dans la boîte à lettres,
et hop! sauta sur le perron.

Continuant son exploration,
madame Petite arriva devant la porcherie.

Il y avait un trou dans le mur et madame Petite
n'eût aucune difficulté à se glisser à l'intérieur.

Or, à l'intérieur de la porcherie, il y avait un porc.
Un gros cochon rose.

Comme madame Petite était vraiment très petite,
le gros cochon rose lui semblait vraiment très gros.

Madame Petite regarda le cochon.
Le cochon regarda madame Petite.

Madame Petite poussa un petit cri de terreur
et s'enfuit à toutes jambes.

Comme ses jambes étaient très petites,
elle ne courait pas très vite.

Elle dut s'arrêter contre un mur pour reprendre son souffle.

Madame Petite avait tellement peur qu'elle ferma les yeux.

Et soudain elle entendit une respiration sifflante.
Tout près d'elle.

Oh! là! là!
Madame Petite n'osait pas ouvrir les yeux.

Finalement, quand elle ouvrit les yeux,
elle regretta de l'avoir fait.

Car le chat était juste devant elle.
Le chat souriait de toutes ses dents.

– Au secours ! cria madame Petite.

Mais elle avait une toute petite voix,
une petite voix que l'on entendait à peine.

Et le chat souriait toujours.

Pauvre madame Petite !

Chaque jour,
monsieur Costaud venait chercher des œufs à la ferme.
Il aimait beaucoup les œufs. Ça donne des forces.

Ce jour-là, au moment où il quittait la ferme,
monsieur Costaud entendit un petit cri.

Il s'arrêta.
Il entendit un autre petit cri.

Monsieur Costaud regarda de tous côtés.
Il vit le chat et la pauvre madame Petite blottie contre le mur.

– Ouste ! fit monsieur Costaud.

Le chat déguerpit aussitôt.
Alors, très délicatement,
monsieur Costaud prit madame Petite dans sa main.

– Qui êtes-vous ? demanda-t-il.

– Heu... Je... Je suis madame Petite.

– Tiens donc ! Eh bien, si j'étais aussi petit que vous,
j'éviterais de me promener dans la cour d'une ferme.

– Mais j'étais tellement seule, vous comprenez...
J'avais envie de rencontrer des gens.

– Je m'en occupe ! promit monsieur Costaud.

Depuis ce jour,
monsieur Costaud vient chercher madame Petite
une fois par semaine pour lui faire rencontrer ses amis.

Ainsi, il y a trois semaines,
madame Petite est allée voir monsieur Rigolo.

Il lui a raconté tant et tant d'histoires drôles
qu'elle en a pleuré de rire.

Il y a deux semaines,
madame Petite est allée voir monsieur Glouton.

Il lui a donné la recette de son gâteau préféré.

– Mais c'est beaucoup trop pour moi !
s'est exclamée madame Petite.

– Vous n'avez qu'à diviser les proportions par cent,
a répondu monsieur Glouton.

La semaine dernière,
madame Petite est allée voir monsieur Etonnant.

Il lui a montré comment il faisait pour se tenir sur la tête.

– Ça alors, c'est étonnant ! a constaté madame Petite.

– Merci, a répondu modestement monsieur Etonnant.

Et devine qui elle a rencontré cette semaine ?
Quelqu'un qui est devenu son meilleur ami.

– Je n'aurais jamais cru que je rencontrerais quelqu'un de plus petit que moi, a remarqué monsieur Petit.

Madame Petite a répliqué en souriant :

– Attendez un peu que je grandisse !

RÉUNIS VITE LA COLLECTION ENTIÈRE DE **MONSIEUR MADAME...**

... UNE FRISE-SURPRISE APPARAÎTRA !

(Bonhomme et les Dames sont comme ils sont)
Traduction - adaptation : Jeanne Bouniort
Dépôt légal n° 40885 - février 2004
22.33.4867.01/2 - ISBN: 2.01.224867.5
Loi n° 49- 956 du 16 juillet 1949 sur les publications destinées à la jeunesse.
Imprimé et relié en France par I.M.E.